I0686334

OEUVRES
BADINES ET POSTHUMES

DE

LEPEINTRE JEUNE.

———————

PARIS.

IMPRIMERIE DE BEAULÉ ET MAIGNAND,
8, rue Jacques de Brosse.

—

1848

OEUVRES

BADINES ET POSTHUMES

DE LEPEINTRE JEUNE.

MA CINQUANTAINE.

Air du Charlatanisme.

Lepeintre jeune se fait vieux ;
Adieu plaisirs, adieu jeunesse !
Maintenant il n'est envieux
Que de distraire sa vieillesse.
On ne forme plus qu'un désir,
Sitôt que le temps vous entraîne :
C'est qu'au moins un doux souvenir
Dans l'esprit puisse revenir
Pour égayer la cinquantaine.   (*bis.*)

La cinquantaine, c'est affreux !
Surtout lorsqu'elle est en arrière,
Combien d'incidents soucieux
Se sont passés dans ma carrière !
Étude, amour, et puis l'hymen
Qui m'a happé dans ma vingtaine,
Depuis trente ans serrant ma main,

Avec lui toujours en chemin :
Et j'ai passé la cinquantaine.

A dix ans, déjà jeune acteur,
Sur le théâtre jamais lâche,
Fou de mon art, avec ardeur
Je l'étudiai sans relâche ;
Mais je l'avoûrai volontiers,
Mon coffre-fort s'emplit à peine ;
Franchement, mes chers héritiers
Seront de bien pauvres rentiers,
Car j'ai passé la cinquantaine.

Allons, du courage, mon vieux !
Non, ta verve n'est pas glacée ;
Travaille autant, et pense mieux,
La Fortune n'est pas lassée.
Corrige vite ton destin,
Il te reste encor la dixaine,
A soixante ans, en vieux malin,
Dis : j'ai su réparer enfin
Tous les torts de ma cinquantaine.

LE LUNDI.

AIR de Jean-Bart, à Versailles.

Ici-bas on chante à toute heure :
Le Français chante en combattant,

Le saltimbanque en chantant pleure,
Et l'opéra chante en pleurant ;
La tourterelle, à l'aile blanche,
Roucoule auprès de son chéri ,
Le prêtre chante le dimanche,
Et le savetier le lundi.

L'ouvrier dont je plains la peine
Chaque jour travaille ardemment,
Hors un seul jour de la semaine
Qui dévore tout son argent.
Quel plaisir ! sa gaîté s'épanche
A flots d'un calice arrondi,
Son chagrin qui dort le dimanche
Se réveille avec le lundi.

C'est le dimanche à la Courtille,
Le vin payé par son danseur ;
A l'imprudente jeune fille
Fait tourner la tête et le cœur,
Bacchus vers Cupidon se penche,
Son sein brûle , elle jette un cri,
Hélas ! elle perd le dimanche
Ce qu'elle pleure le lundi.

Cependant notre belle France
Nous laisse trop à désirer ;
Ce pauvre peuple à sa souffrance
N'ose plus même se livrer ;
A notre nation trop franche
Les rois, convenons-en ici,

Promettent beaucoup le dimanche,
Et tiennent bien peu le lundi.

Amis que le plaisir entraîne,
Pour noyer chagrins et souci,
Buvons bien toute la semaine,
Buvons lundi, buvons mardi,
Si nous buvons mal mercredi,
Jeudi prenons notre revanche,
Buvons vendredi, samedi,
Buvons encore le dimanche,
Et recommençons le lundi.

COUPLETS CHANTÉS AU CASINO.

AIR : Combat des Montagnes.

Tout en riant, en dansant,
Calmez l'indigence,
C'est profiter noblement
De la bienfaisance.

Un bal donné par le cœur
A vraiment des charmes,
On rit mieux quand du malheur
On sèche les larmes.

Pauvres, de vos bienfaiteurs
Chantez les louanges :

Ce sont vos dieux protecteurs
Guidés par dès anges.

Morphée à tant de plaisirs
Mettra quelques trèves;
Mais ceux qui vont vous bénir
Charmeront vos rêves.

A LA GRACE DE DIEU.

AIR du Dieu des bonnes gens.

Gros chansonnier et très-mince poète,
En méchants vers quand j'aligne des mots,
C'est seulement pour occuper ma tête
Lorsque Morphée emporte ses pavots.
Sur vingt sujets qui s'offrent à la ronde,
Le choix, vraiment, m'embarrasse fort peu,
Je laisse aller ma muse vagabonde
       A la grâce de Dieu.

Morte au plaisir, voyez la jeune Ursule,
Qui de l'amour ressent la vive ardeur,
Seulette, hélas! dans sa triste cellule,
Livrer son âme au divin Créateur.
Sur son rosaire elle dit sa prière,
Son regard brille et sa bouche est en feu,
Et l'autre main s'égare avec mystère
       A la grâce de Dieu.

D'un riche hymen l'amant qui court la chance,
N'adore pas seulement le veau d'or :
Il veut la dot, mais il a l'espérance
De posséder un plus rare trésor.
Le mariage est une loterie
Où chacun met son bonheur pour enjeu,
En bon joueur, il faut que l'on se fie
    A la grâce de Dieu.

De ton talent j'admire la souplesse,
J'aime ta grâce et ton coup-d'œil fripon ;
O Déjazet ! tu nous charmes sans cesse,
Diable en culotte ou sylphide en jupon.
Si bien que toi, qui donc aurait su peindre
Et Frétillon, et surtout Richelieu !
Va, laisse aller ta verve sans rien craindre
    A la grâce de Dieu.

Je suis acteur et m'honore de l'être,
Mon art peut-il offenser l'Éternel ?
Sans redouter la menace du prêtre
J'espère un jour trouver ma place au ciel.
Du sacré temple en me fermant la porte,
De mon logis on en fait un saint lieu ;
Avec ferveur je prie et m'en rapporte
    A la grâce de Dieu.

CHANSON.

AIR : C'est à mon maître en l'art de plaire.

Il est une fleur désirée
Qui ne s'ouvre qu'au doux plaisir ;
De tous les mortels adorée,
Chacun brûle de la cueillir.
Elle n'est pas fille de Flore,
A Vénus elle doit le jour,
Il ne faut pour la faire éclore
Qu'un léger souffle de l'amour.

Sa vue éblouit, elle enchante,
De la rose elle a la fraîcheur ;
Mais de la rose différente,
Avant la feuille naît la fleur.
En tous temps on la voit paraître,
En tous temps on peut la cueillir ;
Si c'est l'amour qui la fit naître,
C'est l'amour qui la fait mourir.

Minerve, loin du Dieu de Gnide,
Pendant quinze ans doit la garder ;
Alors, d'accord avec son guide,
A l'hymen il faut la céder.
Mais souvent l'amour en cachette,
D'un coup d'aile vient la faner,

Et quand l'hymen en fait emplette,
Il ne trouve plus qu'à glaner.

Après cette fleur printanière,
Vous qui soupirez chaque jour,
Jeunes jardiniers de Cythère,
Courez tous au champ de l'amour.
Vous la trouverez demi-close :
Plus haut sont deux jolis boutons ;
Mais craignez qu'en cueillant la rose
Il ne pousse des rejetons.

EXCUSEZ QU' J'ALLUME MA PIPE.

Air : Ton humeur est Catherine.

Les grands salons, l'étiquette,
Ont toujours certaine odeur.
J' préfèr' la franche goguette,
L' tabac et la bonne humeur ;
J' dirais mêm' chez Louis-Philippe,
Où c' qu'on doit tout parfumer :
Excusez qu' j'allum' ma pipe,
Car vraiment y a d' quoi fumer.

J'ai l' mêm' goût qu' la grand' Julienne,
Elle aim' l'échalotte et l'ail,
Et détest' d' la ru' Vivienne
L' marchand d' pastill's du sérail.

Mais ell' dépass' mon principe,
L' vidangeur sait la charmer :
Excusez qu' j'allum' ma pipe,
Car vraiment y a d' quoi fumer.

La tripièr', c'te gross' Denise,
A su drôl'ment m'attraper
Un soir que, par convoitise,
Elle m'invite à souper.
V'là qu'ell' m'étal' plus d'un' tripe,
A ça fallut m' conformer.
Excusez qu' j'allum' ma pipe,
Car vraiment y a d' quoi fumer.

L' lend'main j' paie à la barrière
Les haricots d' la primeur ;
V'là t'y pas que c'te commère
Arrive avec son sapeur.
Il évapor', c' la Tulipe,
Tout c' que j' lui fais consommer.
Excusez qu' j'allum' ma pipe,
Car vraiment y a d' quoi fumer.

L' domestiqu' d'un certain membre
Qui pérore à faire peur,
M' conduisit dans un' grand' chambre
Où c' qu'on étouffait d' chaleur ;
Dans ce lieu n' crains pas la grippe,
L' peu d'air vient vous abimer.
Excusez qu' j'allum' ma pipe,
Car vraiment y a d' quoi fumer.

LE CHANTEUR ÉTERNEL

AIR : Faut d' la vertu, pas trop n'en faut.

Je suis heureux de chanter, moi,
N'importe qui, n'importe quoi.

On voit tant de métamorphoses,
On voit tant de caméléons,
Que sur les hommes et les choses
On fera toujours des chansons.
Je suis heureux, etc.

Quand j'avais pressé les bouteilles
Que l'on nous présente en naissant,
Je charmais toutes les oreilles
Au bruit aigu de mon plain-chant.
Je suis heureux, etc.

Sitôt sevré, plein de malice,
Et déjà gai comme un pinson,
Accompagné de ma nourrice
Je fredonnais une chanson.
Je suis heureux, etc.

Au catéchisme, en bon apôtre,
Quand je récitais ma leçon,
Je chantais beaucoup plus qu'un autre,
Car pour moi tout n'est que chanson.
Je suis heureux, etc.

A seize ans, une courtisane
A mon ardeur sut mettre un frein :
Au fond de mon pot de tisane
Je puisais un piquant refrain.
Je suis heureux, etc.

Soldat, sur le champ de bataille,
En duo, pour chanter encor,
Au canon, notre basse-taille,
J'opposais ma voix de ténor.
Je suis heureux, etc.

Quand l'hymen me prit dans sa nasse,
A ma noce, pas un chanteur !
Brûlant d'amour, devant la glace,
Je sus chanter seul mon bonheur (1).
Je suis heureux, etc.

Ma verve n'eut jamais de bornes,
J'ai chanté l'amour, l'amitié,
Les oiseaux, les bêtes à cornes,
Et pourtant je suis marié.
Je suis heureux, etc.

J'aime beaucoup ma ménagère,
Mais, hélas ! si je la perdais,
Par habitude, au cimetière,
Tout en pleurant je chanterais :
Je suis heureux, etc.

* Historique.

Pourtant, il faut que tout finisse;
Quand la mort viendra m'arrêter,
Amis, je réclame un service,
A mon convoi venez chanter :

Je suis heureux de chanter, moi,
N'importe qui, n'importe quoi.

L'INFLUENCE DU MOIS DE MAI.

Air : Ah ! que les cocus sont heureux.

Ma mère avait raison, c'est vrai,
Gn'y a rien qu'échauff' comme l' mois d' mai.

J'ai seize ans, depuis l' mois d' décembre,
Et toute seule dans ma chambre,
J'étais tranquille au mois d' janvier,
Aussi paisible en février ;
Mars, avril (bis) m'ont vu calme et sage,
Mais j'ai r'vu le feuillage.....
Alors je me suis dit : c'est vrai,
Gn'y a rien qu'échauff' comme le mois d' mai.

Lise, vois donc cette verdure,
Comm' ça vous porte à la nature;
Vois donc tous ces petits oiseaux
Se becqueter comm' des tourt'reaux.
C'est Lucas (bis) qui m' tenait c' langage,
Le front tout en nage,

Je r'gard' partout, et j' dis : c'est vrai,
Gn'y a rien qu'échauff' comm' le mois d' mai.

C' jour-là Lucas était superbe,
Il se r'dressait comme une gerbe ;
J'étais assise sur l' gazon,
Y s' plaça près d' moi sans façon,
M'embrassa (*bis*) si fort que ma coll'rette
Tomba sur l'herbette ;
J' la laiss' tomber, et j' dis : c'est vrai ,
Gn'y a rien qu'échauff' comm' le mois d'mai.

I m' disait : c'est toi seule que j'aime ;
Ton sein est blanc comm' de la crême,
Puis, il m'app'lait son p'tit trésor,
Et m'embrassait encor, encor,
Tant de fois (*bis*) qu' c'était une rage.
J' voulus faire tapage ;
Mais, i' m' dit : chut! tu vois qu' c'est vrai
Gn'y a rien qu'échauff' comm' le mois d'mai.

Tandis qu'il regardait la lune,
J' m'écri' : tu vois que v'là la brune,
Faut ben vit' quitter le gazon,
Et s'en r'tourner à la maison ;
Mais, mon Dieu ! (*bis*) quéqu' dira ma mère,
Je crains sa colère,
Ell' s'ra tout' roug' ; car c'est bien vrai
Gn'y a rien qu'échauff' comm' le mois d'mai.

Ma mère, j' l'avais d'viné sans peine,
M' met en pénitenc' tout' la semaine ;

A la longue ell' cess' de m' punir;
Mais, j' vois m' jupe se raccourcir;
Oh! là là! (*bis*) voyez c'ete bêtise,
Quéqu' faudra que j' dise?...
Je n' peux pas toujours dir' : c'est vrai
Gn'y a rien qu'échauff' comm' le mois d'mai.

Au bout d'neuf mois une petite fille
Vient augmenter notre famille;
I faut ben croire qu'à son tour
Elle écout'ra c' fripon d'Amour.
Quand viendra (*bis*) c' moment qu'on désire,
Sitôt qu'on soupire,
Comm' sa mère ell' dira : c'est vrai,
Gn'y a rien qu'échauff' comm' le mois d'mai.

LA TONNE,

AIR :

La tonne, la tonne,
Me console de tout chagrin
J'entonne, j'entonne
Un gai refrain.

D'une tonne je suis avide,
Je frémis quand je la sens vide,
Son bruit semble toujours choquant;

Mais l'*aï* vient l'interloquant,
Quel silence éloquent !

> La tonne, tonne,
> Me console de tout chagrin,
> J'entonne, j'entonne
> Un gai refrain.

La tonne échauffe le poète,
Auprès d'elle rien ne l'arrête ;
J'ai presque toujours le dessein,
Avec un foret assassin,
De lui percer le sein.

> La tonne, la tonne
> Me console de tout chagrin,
> J'entonne, j'entonne
> Un gai refrain.

Après ma mort, je veux pour bière
Une tonne, mais bien entière ;
Dans ses flancs je m'enfermerai,
Et si bien m'y retournerai,
Que je la remplirai.

> La tonne, la tonne
> Me console de tout chagrin,
> J'entonne, j'entonne
> Un gai refrain.

A MADAME FABRY.

AIR : Allez vous en gens de la noce.

Cher lecteur, d'une Provençale
Connais le caractère altier :
Son humeur n'est rien moins qu'égale,
Il faut toujours s'en défier ;
Elle prêche respect et décence,
Égard pour la religion :
C'est un démon, un vrai démon,
Parlant de ton, de convenance,
Et vous chassant de sa maison.

Or, un beau jour, rien qu'en famille,
Où l'on croit être sans façon,
Elle provoque une bisbille
Pour un certain mot de .....
Pour Miguel c'était fort honnête,
Trop douce était l'expression ;
Mais le démon, le vrai démon
A ce mot se monte la tête,
C'était une inquisition.

Notre Provençale en tigresse
Hors de table ne fait qu'un bond,
Atterre l'aimable vieillesse.
Est-ce du lard ou du .....

Le vieillard dont on blesse l'âme,
Dit à part en baissant le ton :
C'est un démon, un vrai démon ;
Mais de mon neveu c'est la femme,
Venge-nous par une chanson.

Tout en fredonnant sans colère,
L'oncle dit : j'ai vu le papa
Comme sa fille atrabilaire,
C'est bien lui qui la *Fabry qua ;*
Mais la Provençale est sensible,
Pour un chien souffrant, moribond,
C'est un démon, un vrai démon,
Pour son mari toujours paisible,
Voilà la compensation.

Mes vers, enfants de la saillie,
A bien juger ne sont qu'un jeu ;
Car pendant, même, après ma vie,
J'aimerai toujours mon neveu ;
Mais mon cœur fâché suit ma tête,
Et je dis : mon moyen est bon,
Contre démon un vrai démon,
On retiendra ma chansonnette,
Et voilà sa punition.

ÇA FAIT DU BIEN PAR OU ÇA PASSE.

AIR du Charlatanisme.

Dans ma chanson j'ai mon refrain,
Qui peut-être saura vous plaire ;
Mais, je crois, pour me mettre en train
Qu'il ne faut pas que de l'eau claire ;
Mon Apollon aime à pinter,
Il en grimpe mieux au Parnasse ;
Bien ! maintenant, je puis chanter ;
Ce petit vin doit m'exciter,
Ça fait du bien par où ça passe.

Ah ! si j'avais des millions,
Moi, je ferais le bien sans faste,
Alors tremblez, vieux Harpagons,
De vous je serais le contraste.
Du vieux pauvre secrètement,
J'aimerais à suivre la trace ;
Je dirais, glissant mon argent :
Tiens, tiens, prends, honnête indigent,
Ça fait du bien par où ça passe.

La terre, sans d'adroits sillons,
N'enfanterait aucun prodige ;
Car elle refuse ses dons
Au paresseux qui la néglige.

Toi, laboureur intelligent,
Travaille, que rien ne te lasse.
Le soc qui creuse lentement
Semble dire en se promenant :
Ça fait du bien par où ça passe.

J'avais douze ans, j'étais à jeun,
Leste, pimpant, fier de ma mise :
Je suivis l'usage commun ;
Je reçus le Christ à l'église.
Mon estomac, je m'en souviens,
Aurait mangé comme un vorace ;
Mais j'avais la foi pour soutien,
Je fis le repas d'un chrétien ;
Ça fait du bien par où ça passe.

Voyez ce minois enchanteur,
Pour son futur l'amour l'enflamme ;
L'hymen, ce sage protecteur,
Lui permet, enfin, d'être dame :
Tout d'abord, elle jette un cri,
Tout l'étonne, tout l'embarrasse ;
Mais plus tard (j'en fais le pari)
Elle va dire à son mari :
Ça fait du bien par où ça passe.

LA CROIX.

Air du Charlatanisme.

La croix de notre bon Jésus.
Qui fut plantée dans la Judée
Depuis dix-huit cents ans et plus,
Saintement est raccommodée :
Un morceau s'échappe parfois,
Vite un autre la recompose,
Or, sans médisance, je crois
Que de la véritable croix
Il ne doit pas rester grand'chose.

LA JAMBE CASSÉE.

Air : Et voilà comme tout s'arrange.

Quand il est frappé d'un malheur,
Rien ne calme un vrai pessimiste ;
Mais je suis mon consolateur.
Et de tout je ris en artiste
J'approuve fort des bonnes gens
Cette maxime, fort sensée,
Antidote des accidents,
Et que j'appris à mes dépens
Ça vaut mieux qu'un' jambe cassée.

Le chagrin conduit au cercueil,
La gaîté soutient l'espérance ;
Puisque je ne puis fermer l'œil,
Chantons pour calmer ma souffrance.
Faisous des vers, publions-les,
Amis, mêlons notre pensée ;
Des lecteurs bravons les sifflets !
Au surplus, de mauvais couplets
Ça vaut mieux qu'un' jambe cassée.

Hier, dans un état alarmant,
Un mien ami d'un ton sinistre
M'a dit : Ma femme a pour amant
Le petit cousin d'un ministre !
Je veux m'en venger... mais pourquoi?
Ta famille sera placée :
Tu vas obtenir un emploi ;
Tu te plains, mon cher, crois-moi,
Ça vaut mieux qu'un' jambe cassée.

Un soir, un jeune étudiant
Suivait une grisette ingambe ;
Soudain la pauvrette, en fuyant,
Manqua de se casser la jambe.
Le galant prompt à la saisir,
Dans ses bras la tenant pressée,
D'un baiser forme le désir.
Oui, dit la belle, avec plaisir :
Ça vaut mieux qu'un' jambe cassée.

Depuis qu'au lit je suis captif,
Amis, pour moi tout n'est pas rose.
Par exemple, un auteur naïf
M'a lu de ses vers, de sa prose.
Lsorque j'eus fini d'avaler
Son œuvre difforme et glacée,
Ne pouvant, hélas! reculer,
Je lui dis pour le consoler :
Ça vaut mieux qu'un' jambe cassée.

A Constantine, un vieux sapeur,
Amputé par un coup de lance,
Ainsi résistait au docteur
Qui le menait à l'ambulance :
Merci, major, merci d' vos soins,
Ma bravoure n'est pas lassée,
Je puis courir sur les Bédouins,
Car je n'ai que l' bras gauch' de moins,
Ça vaut mieux qu'une jambe cassée.

LES BONNES GENS.

AIR :

Sur un vieil air de Pomponne,
Car j'ai bien l'air d'un curé,
Ma muse, mauvaise ou bonne,
Va fredonner à mon gré.

Ce n'est pas une chanson,
Ce sont des vers sans façon ;
   Gai, mon vieux,
Comme au temps de nos aïeux.

Sans m'ériger en poète,
Pour l'aimable amphytrion,
Mon cœur, à défaut de tête,
Fait une prédiction :
Je prédis que, dans un an,
Deux, trois ans, vingt ans, trente ans,
Nous viendrons, tous contents,
Célébrer, en bons enfants,
Cette fête des bonnes gens.

Certain curé catholique
Se montre peu tolérant ;
Louis, contre sa critique,
Proteste en vrai protestant.
Je sais qu'il n'est pas Romin,
Mais en lui serrant la main,
   Je ne vois
Qu'un excellent Genèvois,
Oui, qu'un excellent Genèvois.

En ces lieux la gaîté brille,
Buvons à cet heureux jour ;
Buvons tous à la famille,
Et que chacun ait son tour.
Buvons *ter* après le *bis*,

Sur l'ongle mettons rubis :
Troublons tous nos raisons,
Voyons double en francs lurons,
Et ma foi ! nous y gagnerons.

LE COUPLET FINAL,

CHANSON DÉDIÉE AUX CONVIVES DE LA NOCE.

AIR du vaudeville de Fanchon.

La vie est une époque,
Une chanson baroque,
Ma comparaison
A raison :
Rondeau, plain-chant, romance,
Chacun fredonne bien ou mal :
La fin de l'existence
Est le couplet final.

L'enfant, à sa naissance,
Chante son existence,
Ce cri
Flatte un heureux mari ;
Mais si c'est une fille,
Alors vient le moment fatal :
La dot, pour la famille,
Est le couplet final.

Une noce est charmante,
L'on rit, l'on boit, l'on chante,
   Jour conjugal
   Rend jovial ;
Mais le mari se sauve
Avec son trésor virginal,
   Et chante dans l'alcove
   Le vrai couplet final.

Écoutez chaque membre
D'une certaine chambre,
   Chantant,
   Insultant
   Et tranchant ;
Ce concert, je vous jure,
N'est pas tout-à-fait musical.
   Par bonheur la clôture
   Est le couplet final.

Si j'étais roi de France,
Quoiqu'avec indulgence,
   J'irais chantant
   Pouille à l'instant,
A ceux dont la manie
Blâme toujours l'acte royal ;
   Mais j'aurais l'amnistie
   Pour mon couplet final.

Par un banquet aimable,
Chez le traiteur à table,

Le vin, la chanson vont.
De front ;
Mais il faut que tout parte,
Chansons, refrains, quand un brutal
Vous apporte la carte :
Mauvais couplet final.

Quand la vilaine parque
Me mettra dans la barque,
Du vieux grognon
Nommé Caron,
Si vous voulez m'en croire,
Enfants, pour regret amical,
Sur ma tombe allez boire
A mon couplet final.

POT-POURRI

A PROPOS

DE LA PREMIÈRE ET DERNIÈRE REPRÉSENTATION

DE

VAUTRIN.

ACTE Ier.

AIR : Par la p'tit' poste de Paris.

Pauvre théâtre Saint-Martin !
De tout cœur je plains ton destin.
J'ai vu finir ton dernier soir,
Et vu fuir ton dernier espoir ;
J'ai vu *Vautrin*, j' vas l' raconter,
Puis qu'on n' peut plus le r'présenter.

AIR : Un bandeau couvrent les yeux.

« Je pleur' depuis vingt-deux ans
» Le plus joli des enfants. »
V'là c' que dit une duchesse.
          » Et ça
     » Parc' que le papa,
» Ne veut pas r'connaîtr' ce fils-là

> Après sept mois d' grossesse. ₰
Mais je l'ai vu,
Je l'ai reconnu ;
Qu'il est embelli !
Et qu'il est grandi !
Êt's-vous bien sûr que ce soit lui?
Dit la tant' d'un air ébahi...
— Oh! oui! oui! — oui!

AIR : Le Port-Mahon est pris.

Il faut, ma chère tante,
Qu'un' bonne mère un peu se contente;
Aussi j' suis dans l'attente.
Je vais voir ce chéri
A midi, à midi, à midi, — à midi !
Moi, dont l'âge est plus vieux ;
Qui n'ai plus d'amoureux,
Je r'cevrai le jeune homme;
On n' croira pas qu'il m'apport' la pomme.
Dit's-moi comment il s' nomme?
C'est utile en ce cas.
De Frescas! de Frescas! de Frescas! de Frescas!

AIR : Le beau Narcisse.

Voilà le maître
Qui vient d' paraître.
Vautrin est le maître

De tout
Et partout.
Quelle figure!
Quelle tournure!
Quelle carrure:
Quel aplomb
De plomb!

AIR : Nous nous marierons dimanche.

Mais, dit mon Vautrin!
R'gard'-moi donc un brin!
Joseph, ici domestique!
Te rappelles-tu
Que tu fus battu
Comm' moi par la même trique?
Oui, c'est fort ça,
T'étais forçat.
Quell' chance!
Tu vas m' servir
Et m'obéir.
— Silence!
— Tous deux du mêm' ban
Et du mêm' ruban;
Laiss' donc tranquill' ta conscience.

AIR : Chut! chut! ne disons rien (vaud. du *Philtre Champenois*)

« Chut! chut! ne disons rien! »
(Dit la duchesse),

Il faut user d'adresse ;
› Chut ! chut ! ne disons rien, ›
L'act' de naissanc' de mon fils est mon bien.
Je n' veux pas l' lâcher ;
Mais où le cacher ?
Ah ! voilà le *hic* !
Et ce bon public
N' dit pas : Donnez l' moi :
Il le d'vrait, ma foi ;
Mais il est censé
N' pas êtr' là placé.
Chut ! chut ! v'là mon soutien :
C'est ma bonne tante ;
Elle est très-complaisante ;
Ell' va cacher ce bien.
— Non, dit le duc,
Je l' prends ! c'est un bon truc.

AIR : Sortez à l'instant, sortez (du *Château de mon Oncle*).

Ne cherchez pas vot' moutard,
Ne cherchez pas vot' bâtard.
D' son destin
Il verrait bientôt la fin.
Je l' dis derrièr' comm' devant,
Je déteste cet enfant.
Son défaut
Est d'être venu trop tôt.
— Vilain Papavoine,
Cafard comme un moine,

Est-c' sa faute, à c' petit?

— C'est la vôtre, et ça m' suffit.

— Je sens la moutarde

Qui m' monte, et prends garde

A ton fils, à ton tien,

Ton tien qui n'est pas le mien.

— Madam', c'est assez causer ;

Il faudrait nous reposer.

Suspendons ;

Au s'cond act' nous r'commenc'rons.

— Enfin, l' premier acte finit ;

Ça m' brouille un peu l'esprit ;

Mon cerveau

S' fatigu' de l'imbroglio.

ACTE II.

Air : Ah ! quel plaisir d'être soldat !

Admirez ce bel officier :

C'est l' marquis mousquetaire

Qui pétill' de se marier ;

Il le dit à Monsieur son père.

Mais pourquoi donc tant barguigner ?

Pour ce mariag', Madam' ma mère

A toujours l'air de rechigner ;

Ell' ne m'aim' pas, et cependant

J' viens d' l'embrasser gna qu'un instant.
Le duc, à part, dit : C'est égal,
Ton baiser n'est pas filial ;
Ell' te regard' comme un Ostrogoth
De contreband' dans l' *conjungo.*

AIR : Des folies d'Espagne.

La duchess' vient ; sa figure rayonne.;
D'vant son époux ell' cach' toujours son jeu...
Mais on annonce Inès, la jeun' personne :
Ça la surprend et la défrise un peu.

AIR : Patati patata.

Le pèr' dit : Pressez-vous,
Que mon fils soit l'époux
  De cette belle
  Demoiselle.
   Un Frescas
   Suit ses pas.
   De mon fils,
   Le marquis,
   Ce rival
Est-il donc l'égal ?
Un fait des plus certains,
Les Frescas sont éteints.
Ce drôle est un menteur,
  Blagueur,

Usurpateur.
Cessez de l' fréquenter;
Il vous faut l'éviter;
Qu'on le chasse
Et s'en débarrasse.
—On l'annonce!—ah! c'est bien!
Interrogeons l' vaurièn,
Et scrutons jusqu'à son maintien.

AIR : Bonjour, mon ami Vincent.

Bonjour donc, mon cher enfant;
Nous parlions de vous sans gêne,
Nous faisions plus d'un cancan,
Car vous m' semblez indigène.
    Vous êt's un Frescas?
    Mais v'là l'embarras;
    Gnen a plus, mon cher,
    Le fait est bien clair,
Bien plus clair que votre naissance,
    Et vot' conscience
    Doit crier tout bas :
« Ce nom m' va-t-il bien? ne me bless'-t-il pas? »

AIR : Bonsoir, la compagnie.

    Mon cher,
    Ne fait's plus l' fier;
    Quand on perd

On quitt' la partie.
Croyez-moi, filez doux ;
Retirez-vous.
— Oui, mais je veux
Revoir dans certains lieux
Ce marquis orgueilleux.
« Bonsoir, la compagnie, »
Notre scène est finie ;
Mais, marquis, au revoir;
« Jusqu'au revoir,
» Bonsoir. »

AIR : Réveillez-vous, belle endormie.

Mais un homme tout en noir s'avance :
C'est c' farceur de Vautrin !... Bravo !
Ecoutons bien, faisons silence,
Car il va blaguer de nouveau.

AIR : Mes chers amis, pourriez-vous m'enseigner ?

« Monsieur le duc, vous m'aviez demandé ;
Mais un Saint-Charles a pris ma place,
Un de mes gens, un drôl' par moi soldé,
Et dont je punirai l'audace.
Avez-vous trop parlé ?
Avez-vous révélé
De grands secrets qui vous le fassent craindre?
Si c'est ainsi, dites-les moi,

Et je vous donne ici ma foi
Qu' vous n'aurez pas à vous en plaindre. »

AIR : Les amis sont toujours là (du *Maçon*).

L'audace que tu fais paraître
En toi me montre un vrai fripon ;
Mais ici je commande en maître.
Holà ! qu'on le mène en prison ;
    Mais il s'éloigne ;
    Qu'on le rejoigne !...
—Joseph, n'écoute pas tout ça :
    Aux galères
    On est frères ;
Les amis sont toujours là.

ACTE III.

AIR : Muse des bois, etc.

C'est chez Frescas que se passe la scène,
Un bel hôtel que Vautrin a volé,
Et les valets sortent tous de la chaîne
Où mons Vautrin fut près d'eux attelé.
Dans la maison dont il est majordome
Sont tous brigands vomis par Lucifer,
Et ce Frescas, cet honnête jeune homme,
Semble être là pour purifier l'air.

AIR : Silence! silence! silence! (du pot-pourri de la *Vestale*).

Vautrin appelle, appelle
Toute sa kirielle.
Holà! venez, mes scélérats,
Que j' vous gronde et vous mette au pas.

AIR : J'te casserai la gueule et la mâchoire.

Vous continuez d'être filoux ;
Je vous l' défends, entendez-vous?
Gravez bien ça dans vot' mémoire,
Car si je veux,
Vil tas de gueux,
J' peux
Très-bien vous cracher aux yeux :
C'est s'lon mon gré,
Et mêm', quand je l' voudrai,
J' vous cass'rai
La gueule et la mâchoire.

AIR : De la fricassée.

Amis, profitons d' l'à-propos,
Puisqu'il nous bourre
Et que chacun l'entoure,
En avant, jouons des couteaux ;
— Frappez, butors,
Frappez ! voilà mon corps.

AIR : Le beau Narcisse.

Non, c'est un' farce,
Farc' de comparse ;
Nous t'aimons parce
Qu' t'es not' supérieur,
Not' Dieu sur terre
Et not' bon père,
Not' Robespierre,
Not' chef, not' emp'reur ! ! !,
Pourquoi ? (*point d'orgue.*)
C'est parce que...

AIR : Les gueux (*bis*).

Les gueux
N' sont pas rancuneux,
Ils s'arrang'nt entre eux,
Vivent les gueux !

AIR : O ma tendre musette !

Frescas, noble jeune homme,
Veut venger son affront ;
Il n' sait comment il s' nomme,
Ça fait rougir son front.
Toujours on l'humilie ;
Il sent bouillir son cœur.
A quoi lui sert la vie,
Sans un nom et l'honneur ?

AIR : Verse, verse le vin de France.

Vautrin s' moqu' de tout, mêm' des rois,
Son audac' dédaigne l'entrave.
J' me mets, dit-il, au-dessus des lois,
Je les foule aux pieds, je les brave,
    Je les brave !!!
Dieu, Satan, m'ont pétri tous deux.
Eh quoi! Frescas, la peur te gagne?
Viens plutôt boire du vin vieux
A ton hymen, à ta compagne;
Grisons-nous, battons la campagne;
Dans les flots de bon vin d'Espagne
Noyons les soupirs amoureux.

ACTE IV.

AIR du Vaudeville de l'*Apothicaire*.

Nous somm's à l'hôtel Christoval.
La jeune Inès, c'te pauv' petite,
A r'marqué l' beau jeune homm' du bal.
De Frescas elle a vu... l' mérite.
Moi, j' suis sûr qu'ell' l'épousera,
Grâce à Vautrin, c' farceur unique,
Car le v'là qui s'annonce pour ça,
Comme un envoyé du Mexique.

AIR : Au clair de la lune.

Vautrin s' désespère,
V'là Frescas, morbleu !
De son âme fière
Il s' défie un peu.
Un' vertu d' la sorte
Peut tout arrêter.
Que l' diable l'emporte !
Il va tout gâter.

Même air.

Vautrin, qui persiste,
L'empêch' de parler ;
L' jeune homm', qui résiste.
Veut tout dévoiler.
» Le r'mords me consume ;
» Je m' tais ; mais bientôt
» Je prendrai la plume
» Pour écrire un mot. »

AIR : C'était Renaud de Montauban.

L' rôl' de Vautrin fait son effet :
On permet le doux tête-à-tête ;
Frescas, seul avec son objet,
Est tout entier à sa conquête.
Mais l' marquis entre ! il croit s' tromper,

Même en découvrant l' pot aux roses ;
Il va s' passer d'assez drôles de choses :
J' crois voir deux coqs qui vont s' taper,
J' crois voir deux coqs (*bis*) qui vont s' taper.

AIR : On va lui percer le flanc.

Il faut nous percer le flanc
    En plein plan ;
    R'lan, tan plan,
  Tire lire
    En plan.
    Je chant', tant
    Je suis content ;
Tous deux nous allons rire.
— J' conçois votre humeur vive ;
Mais il faut qu' mort s'en suive,
    Sans témoins,
  En vrais Bédouins,
    En plein plan ;
    R'lan, tan plan,
  Tire lire
    En plan.
Vous m' parlez si crânement
Qu' malgré moi vous m' fait's rire.

AIR : De Tarare pompon.

C'est moi qui s'rai l' témoin,
Dit Vautrin qui s'avance.

— D'enchaîner ma vaillance,
Monsieur, n' prenez pas l' soin ;
Songez qu'elle est extrême.
Vous n' croyez pas ? — Oh ! qu' si ;
Mais c' soir tu s'ras tout d' même
    Occis.

AIR : Les voilà (*bis*), de *Renaudin de Caen.*

    Faut s' sauver ;
  Ell' vient d'arriver,
Cette haute police,
Au nom de la justice,
Qui vient pincer Vautrin !...
    Pas si s'rin !
    Il s'enfuit,
  Et sans bruit :
C'est l'act' qui finit ;
Mais c'est si compliqué
Qu' j'ai mal expliqué.

ACTE V.

AIR : Quel désespoir !

Quel désespoir !
Dit la duchesse.
Avec tristesse,

Quel désespoir!
Mon vrai fils! je n' peux donc plus l' voir!
J' croyais qu' c'était l' jeune homme
Que j' trouvais si genti.
Il sait comment il s' nomme;
Alors, ce n'est pas lui.
Quel désespoir! etc.

AIR : Ça n' se peut pas (bis).

N' pleurez pas, c'est vot' fils, Madame,
Dit Vautrin; avec l'autre enfant
Il d'vait s' battre; ça révolte l'âme,
Rien que d'y penser seulement.
Ce s'cret-là ne me fait pas d' peine;
Le duel n' caus'ra pas d'embarras;
Deux frèr's se percer la bedaine :
Ça n' se peut pas.

AIR du vaudeville des *Blouses*.

VAUTRIN.

Enfin, il a sa famille, sa mère,
Et moi, Vautrin, qu'aurai-je maintenant?
Depuis douze ans, j'ai l' bonheur d'être père.
Ce bonheur-là n' se r'fait pas facilement.

LA DUCHESSE.

Eh bien! Monsieur?

VAUTRIN.

Eh bien? ça m' contrarie.
Vot' fils, not' fils! je n' vous l' rendrai jamais,
Car songez donc que c'est mon bien, c'est ma vie !
Lui seul m'attache à c' monde que je hais.

LA DUCHESSE.

Mais il ne peut vous aimer, vous, coupable,
Vous, criminel, rebut du genre humain.

VAUTRIN.

Il est meilleur que vous, il s'rait capable,
Même en l' sachant, de me serrer la main.

LA DUCHESSE.

Qu'avez-vous fait de mon enfant?

VAUTRIN.

Madame,
Un homm' d'honneur; il est pur comme l'or.

LA DUCHESSE.

Mais vous, Monsieur, qu' la justice réclame,
Vous aime-t-il?

VAUTRIN.

S'il m'aime? Hélas! encor !
C'est sur la rout' de Toulon à Marseille
Que j' l'ai r'cueilli, flétri par la douleur.
J' n'ai jamais vu de misère pareille !
Pour le nourrir je me suis fait voleur.

Il avait faim et, pour le satisfaire,
Fallait trouver un moyen à l'instant.

LA DUCHESSE.

Ah ! c'est très-bien ! croyez le cœur d'un' mère,
Sans réfléchir, j'en aurais fait autant.

VAUTRIN.

C'est un beau trait, n'est-ce pas? mais, par pru-
J' gard' mon secret, j' respecte sa candeur. [dence,
Vous l'avez fait noble par sa naissance,
Moi j'ai voulu l' faire noble par le cœur.

AIR : Plus on est près de sa famille.

Le duc veut qu'on emmèn' Vautrin!
—Non, Monsieur l' duc, car il me semble
Qu'il faut qu' nous causions un p'tit brin,
Et qu' nous restions tout seuls ensemble.
—Vous r'fusez? Parlons; ça n' fait rien;
Parlons du fils de certain' fille :
Le vôtr'.—Silenç'!—Vous voyez bien
Qu'il vaut mieux causer en famille;
Pour votre honneur, vous voyez bien,
Qu'il vaut mieux causer en famille.

AIR : Dans la paix et l'innocence.

Voici l'acte mortuaire
De celui qu' vous soupçonniez

Être l' véritable père
De vot' fils, que vous chassiez.
—Comment?—Oui, pas d'équivoque,
Vot' femme a tout' sa vertu ;
Ce papier, par son époque,
Prouv' que vous n'êtes pas...—Connu ;
Un fauteuil ! j' suis tout ému.

AIR : Monsieur de Catinat.

Le duc, bien convaincu,
Qu'il ne fut pas... trompé,
Montr' d'un air touchant, triomphant,
Son aîné, son enfant,
Et l'on voit aisément
Qu' d'Inès, le cœur aimant,
Se fait jour dans ses yeux
Qui sont tout radieux ;

Car ell' devine bien
Qu'ell' va former un lien,
Un lien éternel,
Avec ce Mont-Sorel ;
Mais tout juste à la fin,
Un commissair' taquin,
Voyez donc quel chagrin !
Vient réclamer Vautrin.

C'est au nom de la loi.
Vautrin dit sans effroi :

Laissez passer, ma foi,
La justice du roi.
Dans dix mois, mon fiston,
Au baptêm' du poupon,
R'marque un pauvre en haillon,
Avec son goupillon.

V'là c' c'est que Vautrin.
Pour cent sous, sur vélin
On est en regalé;
Mais c'est un peu salé.
Allez donc chez l'marchand;
Qu'on appelle Marchand;
Pour prix d' deux d'mi-s'tiers d' vin,
Vous aval'rez Vautrin.

NAIVETÉS, BONHOMIES, RÊVES

ET

AVENTURES

DE

LEPEINTRE JEUNE.

AVANT-PROPOS DE L'AUTEUR.

Je suis l'ami plus qu'intime de Lepeintre
jeune ; je puis mieux que n'importe qui m'ap-
peler son *bras droit*. Ainsi, lecteurs et lectrices,
supposez, et vous aurez raison, que c'est le
bras droit du susdit nommé qui a barbouillé ce
mince opuscule, grâce à la main grâcieuse qui
est au bout de ce même bras droit ; je dis grâcieuse, d'après la *petite* et *grosse* statuette du
célèbre Dantan.

4.

RÊVES DE LEPEINTRE JEUNE.

Cet homme-calembourg, ce gros bon diable, a la manie d'en faire (d'*enfer*) même dans ses songes. Il a rêvé qu'un confiseur lui présentait son fils, qui voulait jouer la comédie au lieu de suivre la carrière de son père, et que celui-ci lui disait : « Puisque telle est son idée, je vous *confie* mon fils. » Lepeintre crut apercevoir une faible S dans ces mots : Je vous *confis* mon fils.

Une autre nuit, il rêve qu'on emprunte, pour le rôle d'*Amour* dans une pièce des boulevarts, un joli petit ramoneur : l'enfant d'Auvergne se présente au public, revêtu de l'élégant costume du dieu de Cythère, mais tout barbouillé de suie. Fureur du régisseur du théâtre :

— Comment ! vous n'avez pas débarbouillé votre fils !

— Ne m'avez-vous pas dit qu'il jouerait l'Amour ?

— Certainement.

— Fallait donc ajouter qu'il jouerait l'amour-*propre*.

Une autre nuit, il rêve qu'une fée bienfaisante se présente à lui :

— Tu te trouves trop gros, n'est-ce pas? lui dit-elle.

— Mais je ne suis pas le seul de mon avis, lui répondit-il, en poussant un soupir aussi gros que son ventre.

— Eh! bien, je veux que tu deviennes aussi mince que *Klein*.

Sitôt dit, sitôt fait, Lepeintre jeune, tout en ronflant péniblement dans son lit de quatre pieds de large, rêve qu'il est maigre, leste et pimpant; il court, il court (*toujours en dormant*) avec l'activité, l'agilité la plus surprenante... Quel pénible cauchemar! Heureusement notre coureur s'éveille harassé, n'en pouvant plus... toujours le même, hélas! mais au moins pouvant se reposer de sa longue course imaginaire.

———————

Une autre nuit, il rêve qu'il est au Malabar; une pauvre veuve est condamnée à être brûlée; elle est jeune, belle, mais d'un assez gros embonpoint (*le chagrin ne l'avait pas maigrie*). Il l'intéresse à son sort : « Donnez-moi vos habits, » dit-il (*toujours en rêvant*); et, fausse veuve du Malabar, il se précipite au milieu du bûcher. Il brûlait, il souffrait héroïquement... De quoi ?...

d'un chat qui était sauté sur son lit, et qui, effrayé de l'agitation de Lepeintre jeune, l'égratignait avec une obstination qui se serait beaucoup trop prolongée sans l'heureux réveil de mon gros infortuné.

AVENTURES DE LEPEINTRE JEUNE.

Deux dames sont à la promenade. Un homme énorme se promène aussi devant elles, et il entend que l'une dit à l'autre :

— C'est lui !

— Tu crois ?

— Parbleu ! on le reconnaît rien qu'à sa tournure.

— Comme c'est flatteur pour moi ! se disait le gros homme.

— Comment ! c'est là Lepeintre jeune !

— Oui, ma chère, ce VIEUX, c'est Lepeintre JEUNE.

Lepeintre jeune a un malheur ou plutôt un bonheur... Qu'on rie de lui quand il est sur le théâtre, c'est bien, on le paye pour cela ; mais à la ville, celui qui rit en le regardant, n'a pas pris son billet au bureau. Cet inconvénient fut un jour fort désagréable et dangereux pour lui.

Un dramaturge dont je tairai le nom, cheminait bras dessus bras dessous avec le gros homme inoffensif : un jeune homme passe devant eux, et se met à rire presque aux éclats. Le dramaturge s'emporte, s'avance tout près du rieur, et lui dit :

— Monsieur ! pourquoi riez-vous de moi ?

— Ce n'est pas de vous, Monsieur... J'en demande pardon à M. Lepeintre, mais c'est de lui... je ris de souvenir, et puis ce physique si extraordinaire...

— Monsieur, vous dissimulez, dit le dramaturge ; c'est à moi que s'est adressé votre rire impertinent, et je vous en demande raison.

— Monsieur, dit le jeune homme, je n'ai jamais reculé devant un cartel ; mais alors, si celui duquel j'ai ri veut se battre avec moi, j'atteste sur l'honneur, que c'est avec M. Lepeintre jeune que je dois vider cette querelle.

— Monsieur, répondit Lepeintre jeune, vidons autre chose ; j'aime mieux ça pour moi et peut-être pour vous. Un coup de maladroit est quelquefois funeste.

Le dramaturge entendit la raison, et entraîné par le mince jeune homme et le gros Lepeintre, ils firent tous trois un excellent dîner.

Notre héros reçoit un matin, des mains du garçon de son théâtre, un joli petit billet qu'accompagnait son bulletin (on appelle ainsi l'ordre du jour des comédiens). Il lit et sourit gracieusement aux lignes suivantes :

« Monsieur Lepeintre jeune,

» Je suis veuve, riche, indépendante, j'adore » les artistes, je n'ai pas l'honneur ou plutôt » le plaisir de vous connaître ; une maudite » paralysie me retient clouée sur mon fauteuil, » et je n'ai pas quarante ans ; je vous en con- » jure, venez distraire ma solitude.

» Que ma lettre, monsieur Lepeintre jeune, » ne vous fasse présumer aucune intention de » ma part : le seul désir de causer avec un ar- » tiste que l'on dit gai, aimable, comme de- » vraient l'être, hélas ! tous les jeunes gens. »

Puis la signature et l'adresse.

Voilà mon Lepeintre jeune enchanté de recevoir une missive presque galante, et qui s'empresse, autant qu'il le peut, de se rendre à cette aimable invitation. On l'introduit devant une dame encore fort bien conservée, et occupée à peindre un paysage. Elle quitte ses pinceaux.

— Ah ! vous voilà, M. Lepeintre j.... (le mot *jeune* expire sur ses lèvres). Pardon, Mon-

sieur, vous êtes sans doute le père de M. Lepeintre jeune. Il a bien fait de vous montrer
ma lettre, purement artistique ; mais vous au-
riez pu, Monsieur, doubler le plaisir que j'ai de
vous recevoir en amenant ce jeune homme
avec vous.

—Mon Dieu! il n'y a qu'une petite difficulté,
c'est que moi-même je suis le *jeune* homme
que vous désirez voir. *Jeune* est mon titre et
non ma qualité.

Il se frotte les mains, enchanté d'avoir fait
un vers, et la dame de rire aux éclats, en disant :

« Ne vous connaissant pas, ma méprise était
toute naturelle ; mais, je vous le répète, monsieur Lepeintre jeune, artiste moi-même,
j'aime à m'entourer d'artistes, et je n'ai jamais
donné lieu à aucune supposition maligne ;
ainsi donc, monsieur Lepeintre jeune (*toujours
appuyant ironiquement sur le malheureux adjectif*),
venez souvent me voir ; vous me parlerez de
vos rôles, et moi de mes tableaux. »

Ainsi finit cette aventure tout à fait innocente.

————————

Encore une autre méprise qui, pour quelque
temps, a flatté l'amour-propre de notre gros
homme. Un petit groom vient chez lui de la
part de *Madame*, qui a dit comme ça :

—Va chercher Lepeintre : tu sais, celui dont on a parlé dans mes salons au moment où tu servais des glaces. Alors, Monsieur, c'est bien vous qui êtes le peintre ?

— Oui, mon ami, dit notre héros en se carrant ; je te suis.

Il arrive chez la dame en question ; on était en train de la coiffer.

—Ah! vous arrivez à propos, Monsieur le peintre... Il est encore temps, n'est-ce pas, Monsieur le coiffeur? Il faut que je sache comment le peintre veut que mes cheveux soient arrangés... Comment les voulez-vous? parlez.

— Madame, vous êtes bien bonne de me consulter ; je crains que mon opinion...

—Vous devez me la dire tout entière, et selon votre goût... ce doit être une des qualités de votre art.

— Madame, vous êtes toujours bien bonne...

—A l'anglaise, heim ?... c'est convenu, Monsieur le coiffeur... Asseyez-vous donc, Monsieur le peintre, et, en m'attendant, demandez tout ce qu'il vous faut pour vous préparer.

— Pour me préparer... à quoi donc?... se dit tout bas le gros bonhomme.

— Pour perdre le moins de temps possible, décidons tout de suite la couleur de la robe.

— Ah! par exemple, Madame, vous mettrez celle que vous voudrez... c'est la première fois qu'une dame daigne me consulter sur sa toilette.

— Ah! vous ne dites pas la vérité.

— Je vous assure, Madame...

— Cela vous regarde plus que tout autre.

— En quoi, Madame? veuillez me l'expliquer, je vous en conjure.

— N'êtes-vous pas le peintre?

— Jeune, oui, Madame.

(La dame se retournant) — Un jeune peintre, certainement... *(Surprise.)* Ah! mais ce n'est pas vous...

— Comment! ce n'est pas moi!

— Non, c'est un peintre en miniature que je demande pour mon portrait.

— Pardon, Madame, c'est votre groom qui, par méprise, m'a procuré le plaisir de vous voir. Je ne dois pas plus longtemps prolonger une visite inutile, souffrez que je prenne congé de vous, car je ne suis pas *Lepeintre en miniature.*

Et il se retire enchanté d'avoir dit presque un bon mot, et toujours persuadé qu'il est rempli d'esprit.

Flâneur, observateur, artiste vraiment populaire (*même un peu trop*), la *barrière* a souvent des charmes pour lui. Cependant, il choisit les

endroits à peu près convenables ; par exemple,
il n'irait pas au bal du *Sauvage*, lui qui l'est si
peu !... Un soir qu'il sortait de l'une de ces
barrières pour rentrer à Paris, un douanier,
soit par malice, soit par conviction, arrête
notre Lepeintre, et prétend que son ventre est
un contrebandier.

— Vous voulez plaisanter ?

— Non, Monsieur, et la preuve, c'est que je
vais vous jauger.

— Pas de mauvaise plaisanterie.

Heureusement que le peuple s'amassa et at-
testa que son ventre lui était donné par la nature (*qui, par parenthèse, l'a traité largement*), et
il fut porté en triomphe jusque chez lui, comme
Silène dans ces célèbres bacchanales citées
dans l'ingénieuse mythologie.

***

Pendant un beau jour d'été, notre gros farceur se promenait à Montmorency sur un âne
quasi-docile, car il ne l'avait encore renversé
que deux fois dans une demi-heure. Qu'on
dise que les ânes sont des bêtes ! En voilà un
qui avait l'esprit de vouloir se débarrasser d'un
aussi lourd fardeau. Il était (*le gros bonhomme*)
sur le point de tomber pour la troisième fois,
lorsqu'une espèce de paysan le retient dans ses

bras, en manquant de tomber lui-même. Le peintre jeune s'empresse de saluer son libérateur et de le remercier de son obligeance. Le paysan, trompé par l'air vénérable, l'embonpoint et la tête chauve de notre héros, s'écrie :

— Ah ! *Monsieur le curé*, pas de remerciment, je vous en prie ; je suis trop heureux de vous avoir été utile, d'autant plus que j'ai moi-même un grand service à vous demander.

Lepeintre jeune, qui d'abord sourit de la méprise, comprend son nouveau rôle, reprend un air grave et dit :

— Mon fils... de quoi s'agit-il ?

— Venez sans façon, souper chez nous, *Monsieur le curé*, et je vous conterai tout ça, en vous montrant c'te scélérate d'enfant qui me cause tant de chagrin.

— Eh ! bien, volontiers, mon fils ; justement l'on ne m'attend pas aux vêpres ce soir, et je puis vous consacrer une heure au moins.

Les voilà en route. Arrivés à la demeure du paysan, voilà une bonne grosse mère qui, lorsqu'elle entend dire à son homme que c'est un curé qu'il amène, fait de grandes révérences et une mine grâcieuse à M. le curé ; puis ensuite elle retourne gronder une jolie petite fille âgée de douze ans.

— Je suis bien aise que M. le curé soit là pour te sermoner encore plus que moi. Monsieur, c'té mauvaise sujet, c'est ma fille... Jé l'avais envoyée à Paris, chez sa tante, pour y faire sa première communion, eh! bien, pas du tout! au lieu de ça, elle ne s'occupait qu'à voir le petit théâtre de M. Comte, physicien du roi... En v'là des tours pendables! mam'zelle veut jouer la comédie... N'est-ce pas affreux, Monsieur le curé? Y a-t-il quelque chose de plus maudit que le comédien?

— Vous croyez?

— Je m'en rapporte à vous, Monsieur le nouveau curé, car j' vois ben que c'est vous qui remplacez le jeune homme que nous ne regrettons pas. Il nous faut un curé de soixante-dix ans... à la bonne heure! v'là not' affaire. (*Lepeintre jeune a cinquante ans.*) Ainsi, ajouta la grosse femme qui ne laissait jamais placer un mot par son mari, je vous recommande, Monsieur le curé, pendant que je vas mettre le couvert, à décider mam'zelle *l'actrice...* (*ça fait frémir, j'ai le théâtre en horreur!*) à faire sa première communion. Avant toutes choses faut ça, n'est-ce pas, Monsieur le curé?

— Vous avez raison. Venez ici, mademoiselle, venez, et veuillez écouter mes conseils avec attention. »

On assure que Lepeintre jeune, toujours dans l'esprit de son rôle, persuada si bien la jeune personne qu'elle remplit entièrement ses devoirs religieux ; mais que depuis elle avait connu celui qui lui donna de si sages conseils, et que, toujours dominée par la passion théâtrale, elle revit notre Lepeintre jeune, qui maintenant compte au nombre de ses camarades, la petite communiante, l'une des meilleures actrices de la capitale.

Lepeintre jeune, assez gourmand, passablement gourmet (*convenons-en*), est accosté, au sortir de sa répétition, par un jeune homme affable, aux formes extrêmement polies, et se disant auteur d'un *charmant* vaudeville dans lequel Lepeintre doit avoir un rôle délicieux.

« Monsieur, dit le jeune homme, je sors de chez vous ; madame votre épouse m'a dit que vous étiez au théâtre, non-seulement pour la répétition, mais encore pour un autre motif auquel elle paraît tenir beaucoup,

—Ah ! oui, monsieur, la paye du mois. Souffrez que je rentre, ensuite je suis tout à vous...

— Inutile ; j'ai prévenu madame votre épouse, elle ne vous attend pas à dîner ; c'est moi qui aurai l'honneur de vous mener chez *Véfour*. Vous ne jouez que dans la dernière pièce, et nous aurons tout le temps de savourer et le dîner et mon œuvre. »

Effectivement, ce qui fut dit fut fait : on dîna chez Véfour, on lut la pièce ; elle était détestable, le dîner délicieux... mais la carte à payer, l'addition !... elle était un peu *salée*, comme on dit. Au moment de solder, le jeune auteur, qui avait confié son manuscrit au gros bonhomme, lui avoue franchement qu'il avait oublié sa bourse, et le prie de vouloir bien lui prêter le montant de la carte. Impossible à Lepeintre jeune de dire : « Je n'ai pas sur moi la somme que réclame le restaurateur. » Il s'exécuta, non de bonne grâce.

Voilà deux ans que cet accident lui est arrivé : il a toujours le *manuscrit* du petit vaudevilliste ; mais pas de nom, pas d'adresse sur le misérable manuscrit... Espérons que le jeune vaudevilliste finira par prospérer, pour lui et pour son amphitryon.

FACÉTIES.

Lepeintre jeune, flâneur comme à son ordinaire, est rencontré un jour, entre dix et onze heures du matin, levant la tête à droite et à gauche, dans la rue Saint-Honoré, comme pour chercher un numéro.

« Bonjour, mon vieux, lui dit-on ; que cherchez-vous avec tant d'inquiétude ?

— La demeure, répond ce bon Lepeintre jeune, d'un ami intime avec lequel j'ai soupé hier soir.

— Il demeure donc rue Saint-Honoré?

— Je le crois, mais je n'en suis pas sûr.

— C'est que la rue est longue... Quel numéro vous a-t-il dit?

—Je ne me le rappelle pas.

— Il est peut-être très-connu. Son nom?

— J'ai oublié de le lui demander.

— Ah! bah! un ami intime... Vous le connaissez depuis longtemps?

—Non, depuis hier seulement. »

Voilà ce que Lepeintre jeune appelle ses intimes.

Lepeintre jeune est homme de lettres, et un jour, tout occupé d'une très-grande pièce pour le tout petit théâtre Lazary, il passe dans une rue encombrée, et se heurte contre une énorme demoiselle... de paveurs. Il se querelle avec ces derniers, en leur disant :

« Eh! que diable, Messieurs, c'est chez moi que je travaille... Pourquoi n'en faites-vous pas autant? »

Pourquoi dit-on *Thomas* l'incrédule? Moi, je crois que *Jean* l'est encore plus que lui, car il n'est pas une seule personne à laquelle je n'aie entendu dire : *Jean doute (j'en doute)*.

Pourquoi les artistes doivent-ils être frères?
— Parce que les Muses sont sœurs.

Pourquoi l'Amour est-il aveugle? — Parce
qu'il aime à voyager à tâtons.

Alors pourquoi a-t-il un flambeau? — Pour
incendier les cœurs, le scélérat

CALEMBOURGS.

Comment va ce jeune homme aimable?
Ce pauvre poitrinaire, il est dans une étable ;
Il tette chaque vache, un lait franc et précieux,
     Et depuis (comme c'est heureux),
Qu'il va de *pis* en *pis*, il va de mieux en mieux.

—

Vous trouvez mes compliments drôles,
     Quand je veux vous en adresser,
     Ils finissent par vous lasser ;
Croyez-vous donc qu'admirant vos épaules,
     Les miennes puissent se hausser.

—

Lepeintre jeune, plus gonflé par la nature
que par l'amour-propre, est persuadé que ce
petit ouvrage qui bavarde sur lui, est encore
plus mauvais que tout ce qu'on a imprimé jusqu'à présent ; ainsi, critique, te voilà prévenu.